AF299494

L'ASSOCIATION

DES

AUTEURS & COMPOSITEURS

DRAMATIQUES

DÉFENDUE PAR SES ADVERSAIRES

PARIS

1866

TYPOGRAPHIE DUBOIS ET ÉDOUARD VERT
Rue Notre-Dame-de-Nazareth, 29

L'ASSOCIATION

DES

AUTEURS & COMPOSITEURS

DRAMATIQUES

Défendue par ses Adversaires

Plaidoyer rétrospectif rédigé par Monsieur
Ferdinand LANGLÉ, ancien Membre de la
Commission dramatique, de 1834 à 1864.

Une réunion, puissante par les noms importants
qu'elle inscrit sur son manifeste, vient de se former
dans le but avoué de désorganiser l'Association ac-
tuelle des auteurs.

Cette attaque imprévue a dû éveiller la sollicitude et
les craintes de tous les amis de la Société, qui la con-
sidèrent comme la sauvegarde des intérêts, disons plus,
de l'existence des écrivains, jeunes ou vieux, qui re-
représentent la littérature théâtrale.

Surpris de cette dissidence, que rien ne justifie, j'ai

cherché à connaître les motifs qui peuvent avoir dirigé les sécessionistes ; mais, comme ces motifs ne sont point exposés dans leur manifeste et paraissent être un secret réservé aux adeptes, j'ai dû me restreindre à prouver, par l'histoire du passé de la Société, et par les paroles et les actes d'une partie de ceux-là même qui se montrent aujourd'hui les plus hostiles, qu'à d'autres époques ils ont soutenu l'opinion opposée, qu'en d'autres temps, il s'est aussi trouvé des auteurs qui ont voulu, dans un intérêt personnel, rompre la Société, et, qu'alors, les dissidents d'aujourd'hui ont fait prompte et sévère justice de ces défections.

Cette étude rétrospective, je suis peut-être le seul des membres de la Société en état de l'entreprendre, attendu que j'ai eu le bien rare honneur d'être élu dix fois membre de la Commission, et d'avoir successivement fait partie de son bureau comme secrétaire, trésorier ou vice-président.

J'ai donc beaucoup vu, beaucoup appris, grandement agi et, surtout, énormément collectionné de documents.

C'est le résumé de mes souvenirs, c'est l'extrait des notes recueillies avec soin, c'est l'analyse des pièces authentiques restées entre mes mains, que je viens, aujourd'hui, mettre sous les yeux de tous les intéressés, persuadé que le seul narré des actes, la seule reproduction des discours d'autrefois sera la plus concluante réfutation des projets et des paroles d'aujourd'hui.

Toutes les citations sont officielles ; on peut les vérifier sur les procès-verbaux.

Fondation de la Société.

Depuis l'époque mémorable (1791) où Beaumarchais réunit les auteurs dramatiques et les décida à former une Corporation et à créer des Agences, et, jusqu'en 1829, le Comité, élu pour la perception de leurs droits et chargé de représenter les auteurs, ne se réunissait que très accidentellement et seulement lorsque les agents généraux avaient besoin de son appui et de son concours pour contrôler la perception ou pour formuler des tarifs. — Les Assemblées générales étaient encore plus rares et plus irrégulières.

En 1829, Messieurs Rougemont, Scribe, Etienne, Bouilly, Casimir Delavigne, Mélesville et autres contemporains illustres, ayant reconnu la nécessité d'une association régularisée par des statuts, comme aussi d'une représentation permanente, convoquèrent une Assemblée générale des auteurs et compositeurs.

Monsieur Mélesville, secrétaire du Comité, donna lecture du Rapport suivant :

« Chez les individus, dont une profession commune
» lie les intérêts, comme dans toutes les sociétés hu-
» maines, c'est l'union qui fait la force, et, pour la ré-
» paration du mal, comme pour la création du bien, le
» parfait accord des demandeurs a plus d'autorité que le
» nombre des demandes. Il est donc important, pour
» toute corporation, d'avoir des représentants toujours
» prêts à faire respecter ses droits, à défendre ses in-
» térêts, à protéger sa dignité, à maintenir l'harmonie

» entre tous ses membres. Cependant les auteurs dra-
» matiques manquent d'un point central où chacun
» puisse venir porter ses plaintes et chercher un appui.
» Les seuls ressources qui s'offrent à eux, sont, ou la
» réclamation individuelle, habituellement sans force,
» ou l'action du corps tout entier, qu'il est difficile de
» réunir, de rendre unanime et de mettre en mouve·
» ment. Seraient-ils donc, plus qu'aucune autre corpo-
» ration, inattaquables et invincibles? Non, sans doute.
» L'expérience a prouvé que la foi des traités pouvait
» être trahie, que leurs stipulations pourraient être
» interprétées de mille manières, et qu'aux luttes con-
» tre des administrations théâtrales pourraient succé-
» der des luttes contre l'autorité. Puis, il faut négocier
» avec des théâtres de province, vérifier des tarifs,
» recevoir des comptes. Un individu isolé ne saura
» suffire à tant de soins, ni l'Assemblée général a tant
» de détails. »

Suivent les projets d'acte d'association et de fonda-
tion de la caisse de secours.

Adoption des conclusions du Rapport qui précède.
— Signature de l'acte par les quatre-vingt-cinq auteurs
présents. — Nomination de la Commission, le samedi
7 mars 1829.

Premiers travaux de la Commission.

La Commission oblige successivement le Théâtre des Nouveautés, celui de l'Opéra-Comique, celui de l'Odéon, à faire des traités généraux, au lieu de rétribuer les auteurs à des tarifs inégaux, suivant leur bon plaisir.

Janvier 1830. — Circulaire des directeurs du Vaudeville, des Nouveautés, des Variétés et du Gymnase, annonçant aux auteurs *qu'ils suppriment à l'avenir le droit de billets.*

La Commission, sur le Rapport de M. Mélesville, soumet la résolution suivante à l'Assemblée générale, le 11 janvier 1830.

L'engagement ci-après, sera présenté à la signature de tous les sociétaires.

» Aucune modification ne sera faite aux traités pas -
» sés avec les quatre Théâtres ci-dessus désignés.

» Les auteurs soussignés s'engagent à ne faire rece-
» voir ou à ne laisser jouer aucune pièce nouvelle de leur
» composition sur l'un de ces Théâtres, s'il cessait
» d'exécuter à la lettre *une seule des clauses de son*
» *traité.*

» Les auteurs soussignés s'engagent en conséquence,
» à payer par chaque contravention directe ou indirecte,
» comme indemnité, la somme de *six mille francs* qui
» sera versée dans la caisse des secours. »

Quatre-vingt-huit signatures des auteurs associés ratifient cette décision ; parmi ces signatures figurent celles de Messieurs Mélesville, Dumanoir, Duvert et d'autres dissidents d'aujourd'hui.

Premier procès de la Société des auteurs contre les Théâtres.

Répertoire retiré au Vaudeville, au Gymnase, aux Variétés, aux Nouveautés.

Avril 1830. — Les quatre directions effrayées des pertes éprouvées depuis trois mois, consentent à renouveler leurs traités et à rendre aux auteurs leurs droits de billets.

25 Novembre 1830. — L'Ambigu refuse les entrées des anciens auteurs, et celles vendues par eux à des tiers, d'après les traités.

M. Mélesville, Président, réunit les auteurs de l'Ambigu, et fort de leur assentiment, menace le Théâtre d'un interdit. Le Directeur cède.

1831. — Tentative de rétablissement illégal de la censure dramatique par le gouvernement de juillet.

Vives réclamations des auteurs et silence de la Commission.

Assemblée générale provoquée par une demande de dix membres aux termes des statuts.

La Commission blessée de cette mesure donne en masse sa démission et la fait signifier à l'Assemblée générale par l'intermédiaire des agents, le 22 janvier.

L'Assemblée accepte cette démission. Elle est constituée sous la présidence de M. Delrieu (président improvisé par l'Assemblée). On nomme une Commission nouvelle de quinze membres.

Les Membres démissionnaires acceptent la mesure, et ne demandent pas à se retirer de l'Association.

17 Mars 1833. — A la suite d'un long rapport de M. Frédéric Soulié, sur les luttes contre divers Théâtres, et la défection de quelques auteurs, on trouve la conclusion suivante :

« Et maintenant, Messieurs, s'il était possible à
» votre Commission de vous faire entendre ses exhor-
» tations et ses avis, ceux qui en sont les vétérans vous
» diraient.

» Prenez-garde à vous laisser aller aux instigations
» d'une attaque, que notre vieille expérience nous fait
» voir injuste et légère, méfiez-vous de cet amour du
» mieux qui tue le bien, et nous vous en supplions,
» pour quelques mesures imcomplètes, ne faites pas
» avorter des mesures couronnées de succès ; pour
» un peu de mal impossible à détruire, n'anéantissez
» pas tout le bien qui a été fait, et nous vous crierons
» tous ensemble : Restez unis ou vous périssez. »

On voit que, déjà à cette époque de la Société naissante, il y avait des esprits tourmentés d'un besoin de dissolution, mais la Commission d'alors, dont M. Mélesville était l'un des Vice Présidents, tint haut et ferme le drapeau de l'Association, et l'Assemblée acclama ces par paroles par un vote unanime.

1.

18 Juillet 1834. — L'Assemblée générale ayant désapprouvé les mesures prises par la Commission sur une question relative à la censure dramatique, la Commission donne sa démission.

Quinze commissaires sont immédiatement nommés en remplacement des démissionnaires.

Cette démission en masse de la Commission est le second exemple d'une mesure de ce genre. Elle n'entraîna non plus que la précédente, aucun trouble dans la Société.

24 Janvier 1832. — M. F. Langlé, pour éviter les retraites ou les défections volontaires des auteurs associés, que ne lie pas suffisamment la convention de 1829, soumet à la Commission un projet d'acte de Société civile rédigé dans les formes voulues par la loi.

4 Avril 1835. — Avis des conseils judiciaires sur le projet d'acte. — Rédaction d'un rapport à l'Assemblée générale.

Août 1837.—A l'occasion d'un procès entamé entre la Commission et M. De Cescaupenne, directeur des théâtres de l'Ambigu et de la Gaîté, MM. Francis Cornu, d'Epagny, Tournemine, Deyeux et quelques autres refusent de se soumettre à la délibération de l'Assemblée générale, qui a décidé que les auteurs ne donneraient pas de pièces à ces théâtres jusqu'à ce que les différends existants eussent cessé.

Les conseils judiciaires font observer à la Commission que la Société n'existant que par la délibération de

1829, les signatures apposées au bas de ce règlement n'ont donné aux membres de la Commission que la simple qualité de mandataires, et que les signataires peuvent retirer leur pouvoir quand bon leur semble, ensemble ou séparément. Les conseils insistent donc pour régulariser l'Association en lui donnant la forme d'une Société civile régulière, à durée limitée, qui engagera irrévocablement tous les signataires.

La Commission reconnaît la justesse de ces réflexions, et en attendant ces mesures d'organisation nouvelle, elle décide que les auteurs dissidents qui refusent de se soumettre au vote de l'Assemblée seront regardés comme ayant retiré leur mandat, et que les agents généraux cesseront de leur côté de toucher leurs droits et leur rendront leurs pouvoirs.

10 Octobre 1837. — On signale une nouvelle défection : M. de Pixérécourt a cédé son important répertoire à M. De Cescaupenne.

11 Octobre. — MM. Mélesville, Anicet et F. Langlé sont chargés de s'entendre avec les conseils judiciaires pour rédiger le projet d'acte de Société régulière.

25 Octobre 1837. — Adoption du projet d'acte de Société.

19 Janvier 1838. — Lettre de MM. Boulé et Rimbaut, qui, par suite d'une discussion avec M. Védel, n'ayant pas obtenu satisfaction, donnent leur démission de membres de la Société.

La Commission décide à l'unanimité que le nouvel acte ne leur donne pas droit de retraite.

M. Mélesville est l'un des signataires de la délibération.

Assemblée générale du 4 février 1838.

Exposé des motifs qui ont fait rédiger l'acte social signé par M. Mélesville : on y trouve le passage suivant :

« L'intérêt, mais même le devoir de l'Association est
» de venir en aide à nos jeunes confrères qui s'essaient,
» en leur offrant immédiatement le secours tout puis-
» sant de l'Association, en les mettant à même de jouir
» des avantages acquis par cinquante années de luttes,
» commencées par nos devanciers, et dont nous avons
» l'espoir que nos heureux successeurs verront la fin
» glorieuse. »

11 Mars 1838. — L'Assemblée générale décide 1° que ceux des associés de 1829 qui n'ont pas encore signé l'acte de Société civile auront un dernier délai de huit jours pour donner leur adhésion ; 2° que les signataires du nouvel acte qui ont manqué à leurs engagements en donnant des ouvrages aux théâtres n'ayant pas consenti de traités seront rayés définitivement.

Assemblée générale du 25 mars 1838.

Lettres de quelques-uns des auteurs dissidents, MM. Clairville, Auger, Poujol, Tournemine, etc., etc., qui demandent à être réintégrés dans l'Association, attendu que 'a lutte avec M. De Céscaupenne est terminée.

Assemblée générale du 1er avril 1838.

Le rapporteur donne lecture d'un arrêt de la Cour, rendu sur la plaidoirie de Me Dupin, contre le directeur du Gymnase qui attaquait la Société comme coalition illégale. — Cet arrêt conclut ainsi :

« Les Commissions successives ont eu le droit de
» traiter au nom des auteurs dont l'Association existe
» depuis quarante années et vient d'être régularisée
» par acte passé devant Me Thomas, notaire, et enfin
» qui n'a rien d'illicite... etc. »

Conclusions du rapport de M. Mélesville, trésorier :

» Mais est-il encore besoin de défendre votre asso-
» siation ? Non, messieurs.

» Aujourd'hui, qu'un arrêt de la Cour royale et un
» jugement du Tribunal de commerce ont solennelle-
» ment proclamé sa légalité ; aujourd'hui, que ses ac-
» tes, ses antécédents, son organisation avouée et son
» son système de défense légitime ont été livrés à
» l'appréciation des magistrats et à celle de l'opinion
» publique,

» Rien ne saurait plus ébranler son existence qu'une
» crise récente, et les *intrigues* de ses adversaires
» n'auront fait que consolider.

» Plus heureux que nos devanciers, vous aurez eu
» la gloire de fonder une institution que les étrangers
» nous envient déjà, une institution gardienne des
» droits de tous, dispensatrice de vos honorables bien-
» faits, protectrice née des jeunes talents promis à la
» France, et son avenir ne peut plus être étouffé par
» les calculs et les efforts de la cupidité. »

10 Avril 1840. — M. Clairville demande pour la troisième fois sa réintégration dans la Société.

Renvoi à l'Assemblée générale.

Assemblée générale du 12 avril 1840.

Sur la proposition de M. Melesville, réintégration dans la Société, de MM. Pixérécourt et Clairville par 53 voix contre 27.

19 Juin 1840. — M. Tournemine demande sa réintégration.

12 Septembre 1840. — M. Auger demande sa réintégration.

30 Octobre 1840. — M. Mélesville demande la réintégration de M. d'Epagny.

26 Avril 1850. — M. Labiche demande qu'il soit pris des mesures sévères contre les membres de l'Association qui n'ont pas encore signé l'acte de Société, et qu'on cesse de percevoir leurs droits tant qu'ils ne seront pas en règle.

Adopté.

Assemblée générale du 23 avril 1852.

M. Th. Anne demande qu'on fasse connaître le nom des journalistes auteurs qui ont dirigé des attaques contre la Commission, et qu'il soit pris des mesures contre eux.

- M. Anicet répond que l'approbation donnée au passage du rapport relatif à ces attaques paraît à la Commission une réparation suffisante.

DISCOURS DE M. SCRIBE

QUI CESSE SES FONCTIONS DE PRÉSIDENT.

Assemblée Générale du 15 mai 1855.

MM. SCRIBE, MÉLESVILLE, LAFITTE, A. LEFEBVRE, LABICHE, DECOUR-
CELLE, F. LANGLÉ, ANICET BOURGEOIS, BATTON, DUMANOIR,
LEFRANC, PONSARD, RAYMOND DESLANDES, DUPEUTY, MEYERBEER.

Extraits du discours de M. Scribe, président.

Je vous ai parlé de notre république et ce n'est pas sans intention. Celle des lettres, plus encore que toute autre, est tellement jalouse de son indépendance qu'elle supporte avec frémissement et impatience, toute apparence de frein ou d'entraves, quand bien même ces entraves salutaires ne limitent les droits de chacun que pour assurer les droits de tous.

Ainsi, plusieurs de nos confrères ne semblent voir dans notre Association qu'une tutelle gênante dont ils voudraient s'affranchir ; cette tendance que je vous signale avec peine, ressortira mieux encore pour vous du rapport que la Commission d'enquête est chargée de vous soumettre et que vous allez entendre. Son rôle était de juger, le mien d'avertir, d'éclairer mes jeunes confrères, et de rendre peut-être, quelque service au présent, en retraçant ici le passé dont j'ai été témoin.

Quand je donnai mon premier vaudeville, c'était en 1811, il y a de cela quarante quatre ans, Messieurs ! les auteurs jouissaient alors d'une liberté absolue ; rien ne les entravait, rien n'enchaînait, mais aussi, rien ne sauvegardait leurs droits. On était maître de vendre ses ouvrages à tous les directeurs, qui, de leur côté étaient maîtres de les acheter selon leur bon plaisir. Leur bon plaisir était de les payer le moins cher possib'e et ils n'avaient que l'embarras du choix, les auteurs dramatiques d'alors soumissionnaient tout au rabais.

Un de nos doyens de ce temps là, celui auquel ses talents et ses succès devaient assurer les conditions les plus favorables, était à coup sûr Désaugiers et peu d'entre nous l'ont connu. J'étais alors trop jeune pour oser aspirer à son amitié, mais je me rappelle que tout le monde l'aimait et que je faisais comme tout le monde ! Désaugiers a vu un ouvrage de lui : *la Chatte merveilleuse*, obtenir au théâtre des Variétés *cinq cents représentations* de suite, à *quatre mille francs par soirée.*

C'est-à-dire que pendant près de deux années de suite, l'ouvrage ne quitta pas l'affiche et rapporta près de *deux millions* aux directeurs ; il rapporta aux deux auteurs, Messieurs Désaugiers et Gentil, un louis par soirée, soit 250 louis à chacun.

Quant aux autres ouvrages représentés chaque soir avec le leur, ils étaient payés douze francs, six francs, selon que le désir ou le besoin d'être joués forçaient les auteurs à diminuer leurs prétentions. Plusieurs ouvrages, même, et c'étaient ceux que les directeurs affectionnaient le plus, n'étaient pas payés du tout ! non qu'ils y eussent travaillé, ils ne prenaient pas cette peine, préférant pour un prix minime et une fois donné, acheter, à tout jamais, quelques ouvrages qui devenaient leur propriété; et par suite, l'ornement constant du répertoire.

'Quant aux réclamations, à quoi auraient-elles servi ? à prouver l'impuissance des réclamants ! Aussi, il ne serait venu à aucun auteur l'idée de s'en plaindre, à aucun directeur l'idée que la plainte fût possible ! Du reste on ne contraignait personne, chacun était libre ! Telle était la liberté d'alors, celle à laquelle on voudrait sans doute revenir.

En effet, les puissants d'aujourd'hui peuvent se dire : qu'avor s nous besoin de l'Association pour sauvegarder nos droits ou imposer aux directeurs des conditions avautageuses? Nous les obtiendrons toujours par nous mêmes !

Erreur !

Les faibles ou les commerçants se d ront : nous aurons pour nous ouvrir la route, le directeur avec qui nous travaillerons ! ou bien la modicité même de nos préten-tions nous fera toujours accueillir.

Erreur encore !

Pour les premiers ! pour les forts ! tant qu'ils auront de grands succès (et qui peut se vanter d'en avoir tou-jours?) on aura pour eux, j'en conviens. des exceptions, des égards et des *droits d'auteur !* mais que leurs succès s'arrêtent, que leur talent faiblisse, on se passera d'autant plus vite de leur concours qu'on le payait plus cher. Alors, comprenant les inconvénients du pouvoir absolu, se plaignant de l'arbitraire des directeurs et de leurs caprices insultants, l'auteur ne pourra plus même, comme aujourd'hui, se réfugier dans le droit commun, ni chercher abri sous l'arbre qu'il a voulu abattre et dont l'ombre protégeait tout le monde !

Quant aux jeunes débutants, le directeur ami de la jeunesse les accueillera tant qu'un autre talent au rabais ne leur fera pas concurrence. Mais le mérite de 12 francs se verra dédaigné pour celui de 6 francs ou de 3 francs. Il se présentera même tel jeune débutant, avide de gloire, qui donnera son œuvre pour rien ! et qui se verra encore dépassé, peut être sur la route du rabais par l'amateur qui paiera pour être joué.

Voilà ce qui existait, Messieurs, il y a 44 ans dans la littérature dramatique dont la devise était alors : *Sic vos, non vobis.*

Qui nous a retiré de la condition humiliante où nous étions alors? Notre Association !

Qui a substitué à l'avidité et au caprice des directeurs, à leur pouvoir despotique, une action régulière et uniforme, une protection égale et des droits égaux pour tous? Votre Association !

Qui a permis à chacun de jouir lui-même des fruits de son labeur? de gagner en proportion de son travail et de ses succès, et de pouvoir arriver ainsi un jour à la fortune! bien plus encore, à l'indépendance! Qui vous l'a permis? Votre Association !

Et en échange de cette position honorable, quelle tyrannie nous a-t-elle imposée? Un acte de Société que nous avons discuté et voté nous-mêmes ! Des réglements, des traités surveillés par un conseil de famille, par une commission nommée tous les ans par vous, nomination à laquelle nous allons procéder dans un instant.

Et c'est pour se soustraire à un joug si pesant, que plusieurs d'entre nous rêvent le gouvernement absolu des directeurs et le retour du passé! de ce passé dont je viens de vous retracer le tableau, de ce temps où il était généralement reconnu et établi que *l'homme de lettres devait mourir à l'hôpital!* Que dis-je? de nos jours encore bien des gens s'indignent de ce qu'ils vont mourir ailleurs! Vous ne penserez pas ainsi, Messieurs, vous vous rallierez plus que jamais à notre Association, la sauvegarde et le salut de tous! C'est par elle, faibles ou forts, que vous trouverez garantie de vos droits et sécurité dans vos travaux! C'est par elle que vous assurerez votre dignité d'hommes de lettres, votre liberté, vos succès, votre avenir! Et en vous parlant de succès et d'avenir, vous comprenez, Messieurs, que votre Président est bien désintéressé dans la question. Sa carrière est finie, la vôtre, heureusement, ne l'est pas; pour plusieurs même d'entre vous, elle commence; c'est donc votre cause que je défends, en défendant notre Association, en disant à ceux qui vont nous remplacer aujourd'hui : Défendez-là ainsi que nous, en souvenir de ceux qui vous ont précédés… et dans l'intérêt de ceux qui vous suivront!

Assemblée générale du 27 avril 1856

Lettre de M. le ministre d'État, qui envoie un don à la caisse de secours à l'occasion de la naissance de S. A. le Prince Impérial. La lettre se termine ainsi : « Je me félicite d'avoir à vous transmettre ce témoi- » gnage de l'auguste intérêt de S. M. l'Empereur pour » votre Société.

» Signé : FOULD. »

Assemblée générale du 21 novembre 1858

L'Assemblée est consultée par la Commission pour répondre à un procès qui lui est fait par des Sociétaires, pour avoir fait remettre à M. de Weber fils et à M. Mozart fils les droits d'auteur perçus pour des opéras de leurs pères joués sur le Théâtre-Lyrique, attendu que ces personnes étrangères ne sont pas héritiers d'auteurs ayant appartenu à la Société.

M. Mélesville lit un rapport pour servir de réfutation à cette réclamation. — On y rencontre le passage suivant :

« Nous ne sommes pas une maison de commerce,
» nous ne spéculons pas! nous ne sommes pas de petits
» traficants, de petits marchands enfermés dans un
» cercle d'égoïsme, qui ne rêvent que leur compte de
» bénéfices partageables. Nous sommes avant tout une
» Société de secours et de *fraternité littéraire.* »

25 *novembre 1859.*

La Commission ordonne de rayer les noms et de cesser de percevoir les droits de 89 auteurs qui ont refusé de signer l'acte social ; elle décide que 8 autres qui ont été admis donneront leur signature immédiatement, enfin que 34 autres qui ne se sont pas prononcés seront mis en demeure de faire leur demande.

Ainsi décidé par la Commission composée de MM. Th. Anne, Bazin, Brisebarre, R. Deslandes, Mallefille, Marc Michel, Mélesville, Michel Masson, Dumanoir, Labiche, Legouvé, Maillart, Maquet, Ponsard.

Assemblée générale du 8 mai 1860.

On lit le passage suivant dans le Rapport du secrétaire, M. Raymond Deslandes.

« Que serait devenue notre Société, je vous le de-
» mande, si ses illustres fondateurs usant d'une regret-
» table indifférence, monopolisant à leur profit et la
» gloire et l'argent, faisant litières de vos théâtres,
» n'avaient songé qu'à leur fortune personnelle, sans
» s'occuper de celle de leurs successeurs ? — Certes,
» nous n'aurions pas aujourd'hui *cette merveilleuse*
» *et robuste constitution des droits de l'auteur dramatique.*»

M. A. Maquet, président de la Commission, prononce
un discours sur la tombe de Scribe ; après avoir rendu
hommage aux travaux et à la gloire de l'illustre défunt, il
rappelle que Scribe a été le fondateur de l'association
et il ajoute :

« Eh bien, Messieurs, *l'idée tutélaire de votre associa-*
» *tion,* cette défense et cette égalité du faible, elle ne
» fut inspirée à Scribe ni par un besoin de proctection,
» ni par le sentiment de sa faiblesse, elle ne lui vint
» que lorsqu'il fut le plus le fort. Il eut pu marcher sans
» appui, bien légitimement libre et honorable dans son
» isolement, mais il n'aimait pas la victoire égoïste, il
» appela tous les auteurs sur le terrain conquis, et s'il
» se souvint de ce qu'il avait souffert, ce fut pour épar-
» gner aux autres les mêmes souffrances. »

durant tant d'années s'est-il devenu tout à coup une
œuvre dangereuse et qu'il faut supprimer; enfin, ainsi
que l'a dit un de nos plus illustres devanciers :

« Comment en un plomb vil l'or pur s'est-il changé? »

FERDINAND LANGLÉ.